← Peligro de mareo

STOP

↑
¡Oh, no!
¡Una escuela cerca!

¡La carretera más aburrida del mundo! →

Sobre todo si llevan traje de rayas

LÍMITE DE
65
VELOCIDAD

Venga, mamá, aprieta a fondo

CÁRCEL
FEDERAL

NO RECOJAN
AUTO-
ESTOPISTAS

# Amelia
# y el viaje
# más largo
# del mundo
### de Marissa Moss
### (Y yiijaaaa-Amelia)

↑
Siempre veo
las señales
pero nunca he
visto ningún
ciervo por la
carretera

RUTA
66

Atención a los
coches con
muelless
¡BOING!

De ninguna
manera, ¡no
se te ocurra
pensarlo!

Autopista
Autopista de
la despreocu-
pación

¡Prohibido leer
al revés!

✦
**EDAF**
www.edaf.net

Libros para jóvenes lectores

Madrid - México - Buenos Aires -
San Juan - Santiago - Miami

2011

Pasa
la página

UN SENTIDO

El gorro de piscina de Mamá

¡No me puedo creer que la gente aún use estos gorros!

Este diario está dedicado
a Brion,
quien siempre escuchó mis historias,
y aún lo hace.

El bikini de Cleo. ¡Se piensa que...

Patatí patatá

**EDAF**

LIBROS PARA JÓVENES LECTORES

Departamento de publicaciones
para niños EDAF, S. L.
Jorge Juan, 68. 28009 Madrid
http://www.edaf.net
edaf@edaf.net

Copyright@1995 de Marissa Moss
Primera edición 2011. Editorial Edaf, S. L.
© De la traducción: Anna Romero Ros

Un libro de Amelia™
Amelia™ y el diseño del diario en blanco y negro
son marcas registradas de Marissa Moss.
Diseño del libro: Amelia
(con la ayuda de Lucy Ruth Cummins)
ISBN: 978-84-414-2662-7
Depósito legal: M. 3.955-2011
Impreso en Anzos

Calcetín de recambio

Chancletas

Champú

Loción de calamina

Crema solar

Cacao

Hilo dental (¿en vacaciones?)

Repelente de insectos

Mini kit costur

Cepillo de dientes

Pasta de dient
Peine

Cepillo

Kit de primeros auxilios (básicamente aspirinas)

Puedes cruzar la línea

No cruces la línea

Este es mi nuevo **DiARiO** de VIAJE. Mamá me lo compró para que no me aburriera durante el largo trayecto en coche de este viaje. Me dijo que si estaba ocupada escribiendo, no lo estaría peleándome con Cleo. Yo no me peleo con Cleo. Ella se pelea conmigo.

Mamá también llevó:

 chos paquetes pequeños de cereales para el desayuno

 Huevos como tentempié

Una pila de cómics nuevos y relucientes. Nada de libros de texto. Nada de deberes. ¡Nada educativo!

Chicles para evitar que Cleo se maree. Soy la única niña cuya hermana es ~~dialmente~~ famosa por vomitar en el coche

Bolsas en caso de que el chicle no funcione. ¡Puag!

Después, tenemos las típicas cosas de viaje: loción de calamina, crema solar, bañadores, ropa (con calcetines de recambio, pues mamá piensa que siempre hacen falta calcetines de recambio, incluso en verano), champú, cepillos de dientes, pasta de dientes, hilo dental, y libros, libros y más libros.

La caja de Mamá de libros. Le da pánico pensar que puede quedarse colgada en algún sitio sin un libro

Mamá me nombró copiloto porque Cleo es incapaz de leer en el coche y mantener su almuerzo dentro de su estómago.

Cleo tampoco puede doblar mapas

Yo soy una experta, por supuesto

Este va a ser una viaje MUUUUUUUUUY largo. Vamos al Gran Cañón, el Valle de la Muerte y Yosemite. Después vendrá la mejor parte: ¡Volveré a ver a Nadia! Es decir, aunque nos mudamos, ella sigue siendo mi mejor amiga. Somos amigas desde la guardería, y de eso hace ya mucho. Ha pasado casi un año desde la última vez que la vi. (Escribir cartas y hablar por teléfono no es lo mismo que estar con alguien.) Espero gustarle en persona todavía. Me pregunto si seguirá igual o habrá cambiado.

Nadia - antes

Nadia - ahora

Sonrisa bonita y brillante con braquets

Ojos felices de verme

Pelo así de largo

¿Lleva el pelo largo o corto?

¿La misma sonrisa? ¿Está contenta de verme?

A lo mejor ahora lleva gafas

Como mínimo sus orejas deben seguir igual

Yo

¿He cambiado? No lo creo. ¡No he crecido ni un centímetro!

Violeta
pútrido

¡Oh, tú, pirata cojo-jo-jo-jo-jo!
¡Oh, tú, escúpeme
en mi ojo-ojo-ojo-ojo!

La basura de Cleo

Estar metida en un coche con Cleo NO
se corresponde con mi concepto de diversión.
Apesta todo el coche con el olor de su
pintauñas. ERUCTA tan fuerte que
hace que mamá salte un palmo sobre
su asiento. Baja tanto el aire
acondicionado que mis dientes empiezan
a castañetear. Y canta las canciones
más estúpidas; desafinando, claro.

Mamá dice que deberíamos disfrutar de este tiempo
que pasamos juntas. Para mí es DEMASIADO
tiempo juntas, la verdad. Sobre todo cuando Cleo se
marea. ¡Entonces, la última cosa que quiero en el
mundo es estar con ella!

Definitivamente, este coche no es lo bastante
grande. Deberíamos poner a Cleo en un remolque
detrás del coche.

Todos nuestros trastos
amontonados atrás

Humos - ¡PU!

Yo intentando respirar
para coger algo de
aire fresco

Ventanas abiertas de par en par

¿Misteriosa celebridad dentro?
↓

También contamos coches, pero solo valen escarabajos y limusinas ↗

¡Hoy ha sido el día <u>más largo</u> de mi vida! Cada minuto duraba como un año. Mamá decía que valdría la pena una vez llegáramos al Gran Cañón. (¡Pero solo valdrá la pena si me paga un millón de euros!)

↑ Nuestro antiguo estado

Hemos estado jugando al juego de las matrículas durante horas (¡o décadas!). De aquí a que lleguemos al Gran Cañón, habré visto <u>todos</u> los estados.

Anoche Mamá me dejó sentarme delante mientras Cleo roncaba detrás. Entonces disfruté del viaje. Vi cerca de un billón de estrellas, y la luna nos seguía. Incluso las señales de tráfico parecen mágicas en la oscuridad. Ojalá pudiera ser siempre así.
(Sobre todo la parte en que Cleo está dormida.)

Nuestro ↗ nuevo estado

Caja de cerillas para mi colección

Bolsita de azúcar

Pastel en un expositor, como si fuera una joya o algo así

Servilletero, intenta coger una sola servilleta

Ir en coche hoy ha sido aburriiiiiiiido otra vez, pero al menos comimos en un restaurante genial. El pastel de calabaza estaba bueno, pero la mejor parte fue la gramola. Era una como las de antes, con un montón de luces, y podías ver cómo los discos (¡no CDs!) bajaban. Cleo metió una moneda, y bailamos juntas. ¡Nos lo pasamos muy bien! Había algunas canciones muy buenas que Mamá recordó de cuando era pequeña. Ella cree que la música de hoy es terrible, pero bueno, es una mamá.

Cleo y yo bailando. ¡Cleo incluso me agarraba!

Gramola

Jarra de café

Suelo como un tablero de ajedrez

Cubos de gelatina

Pomelo con una guinda para que parezca más sofisticado

Tazas gruesas para el chocolate caliente con nata

# Higienizado para su protección

En el motel no podía parar de reír. Cleo me estaba matando de la risa. Cuando vio el papel protector que habían puesto sobre el inodoro, hizo como si fuera un regalo envuelto para ella.

Abrimos todos los cajones, buscamos todos los canales de televisión, e inspeccionamos el armario. Era demasiado tarde para ir a nadar a la piscina, pero la Biblia en el cajón de la mesilla de noche me dio una gran idea. Cleo y yo escribimos notas divertidas para dejar en todos los cajones.

¿Una sorpresa para mí? ¡No hacía falta! ¡Es demasiaaadoo! Por fin, un sitio donde vomitar. No más bolsas.

Papel protector

Cadena

Creo que a Cleo no le gusta encontrarse mal más de lo que a mí me gusta verlo (y olerlo).

¡¿No te enseñó tu madre a doblar bien la ropa?!

¡UF! ¡No metas calcetines malolientes en este cajón!

¿Has tirado de la cadena?
¿Te has lavado las manos?

Cuidado con los chicles usados en los cajones. ¡Puajj!

¡No comas galletas en la cama!

Escribí una postal a Nadia y a Leah antes
de ir a dormir. Nadia dice que está contenta de
que conociera a Leah y así tuviera una nueva amiga,
pero yo me pregunto: ¿significa eso que ella también
tiene una nueva amiga?

He aquí lo que escribí

MOTEL DE FEENY
¡Ven y zambúllete!

Querida Leah,
Este es el motel en el que nos
quedamos esta noche. No pude
ir a la piscina porque se hizo
demasiado tarde, pero ¡de
ninguna manera me meteré en
ese coche caliente y pegajoso (y
maloliente) a menos que vaya
a nadar primero!
        Tuya hasta que los perritos
        calientes se

Leah Feinberg
2282 Loms
Orepa, Oregon
97881

Hamburguesa hambrienta.
¡Limpia tu plato!
Querida Nadia,
¡Qué alivio estar fuera del
coche!
    Hasta ahora lo más
interesante que he visto durante
este viaje es la piscina que hay
aquí. Al menos Cleo solo ha
vomitado una vez hoy. (¡Es la
Reina del Vómito!)

Nadia Kurz
Calle Sur 61
Barton, CA
91010

Tuya hasta NSC (no sabes cuándo)
                    Amelia
P.S. ¡Qué ganas tengo
        de verte!

¡Ven y
zambúllete!

Trampa para ratones

Sifón de desagüe

Suelo

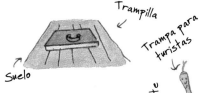

Trampilla

Trampa para turistas

Zoo cutre de reptiles en la carretera: 2 lagartijas y 1 serpiente

Me gusta dormir en moteles, me gusta comer en los restaurantes, pero tanto ir en coche, coche, coche, ¡me está volviendo loca! Cantamos todas las canciones que se nos pasaron por la cabeza: el waka waka, Alejandro, Thriller, Moving, Hot and cold, She wolf, hasta que Mamá gritó:

## ¡¡BASTA!!

Entonces Cleo empezó a leer todas las señales del camino hasta que le di una colleja para que se callara y me la devolvió, así que le volví a dar y Mamá nos gritó un poco más.

Le pregunté a Mamá si estaba disfrutando de nuestro tiempo juntas. Me fulminó con la mirada.

Comidas Joe
Línea continua
campo de golf.

Así que cuando vimos un cartel que decía:

### LUGAR MISTERIOSO
A 50 km
¡Detente y experimenta el Misterio!

Rogué a Mamá que parara. Ella dijo que me olvidara, que era solo una trampa barata para turistas. El siguiente cartel decía:

Yo suplicando a toda máquina

# Lugar Misterioso
## A 25 km
## Vistas Únicas y Asombrosas

Porfa Porfa Porfa Porfa Porfa Porfa Porfa
Porfa Porfa Porfa Porfa Súper Porfa con azúcar
y nata y cacao y galletas de chocolate
y una guinda encima de todo...
¡Poooooorfaaaaaaaaaaaa!

Supliqué muchísimo. ¡Necesitaba salir de aquel coche! Creo que Mamá también lo necesitaba, porque, cuando llegamos al siguiente cartel,

# Lugar Misterioso
## ~ A solo 10 km ~
## No Os Perdáis Estas Vistas Increíbles

dijo: "Bueno, quizá podríamos parar y estirar un poco las piernas". Y cuando llegamos al último cartel:

¡¡AQUÍ ESTÁ!!
el Alucinante, Increíble, Único, Extraordinario
**LUGAR MISTERIOSO**
¡NO PASES DE LARGO, O TE ARREPENTIRÁS
EL RESTO DE TU VIDA!

entró y paró.

Pegatina que has de enganchar en el cristal del coche (Mamá dice que es para avisar de lo tonto que eres por haber parado)

YO ESTUVE EN EL
?
LUGAR MISTERIOSO

Lo que vimos a continuación era tan increíble que no creo que pueda explicarlo.
El Lugar Misterioso era indescriptible. Al menos yo no puedo describirlo, aunque, según Mamá era rancio, y no se refería al almuerzo.

La bola va hacia arriba, ¡desafiando las fuerzas de la gravedad!

↑ Tabla de madera construida en una colina.

¿Para esto pagamos 8 € más 1 € de párking? ¡Lo misterioso es que alguien pague por ver esto!

¡Menuda maravilla! En realidad, las tablas van hacia abajo. Pero parece que vayan hacia arriba por la inclinación del suelo en el que estamos. ¡Uau!

Cleo, completamente maravillada. Tenía que sacar una foto de esta maravilla

↑ Mamá, completamente indignada

Fui al LUGAR MISTERIOSO y me acordé de ti.

Camisetas graciosas

El lugar misterioso de verdad era la tienda de regalos, donde había una increíble variedad de trastos. No me podía creer que alguien comprara esas cosas. Lo único que quería era un refresco, pero Mamá dijo que no iba a pagar unos precios tan caros, y yo no quería malgastar mi propio dinero.

Pompones con pies y ojos saltones y un imán. ¡Oooh, qué mono!

Aperitivos graciosos

Al menos pasamos un rato fuera del coche.

Gorras misteriosas

Cleo malgastó su dinero en la tienda de regalos para comprar algunas cartas del tarot. ¡Qué misterioso!

Cuando Cleo me leyó el futuro con sus nuevas cartas me dijo que visitaría sitios nuevos y conocería gente nueva. ¡Ostras! Yo ya sabía eso <u>sin</u> necesidad de una baraja de tarot. Yo también le quería leer el futuro, pero no me dejó tocar sus estúpidas cartas. De todas formas, yo ya sé cuál es su futuro: te va a salir un grano enorme en la nariz, y todo el mundo lo mirará fijamente.

Bola mágica: contesta a todas tus preguntas

Cleo dijo que se me cayó la baba cuando me quedé dormida en el coche. ¡PERO NO SE ME CAYÓ! Sí tuve un sueño horrible. Estaba en casa de Nadia, pero al abrir la puerta era otra niña la que vivía allí. ¡Vaya pesadilla!

Posos de café: revelan el pasado, muestran el futuro

Cuando me desperté, aún no habíamos llegado a casa de Nadia, pero <u>estábamos</u> en el Gran Cañón. ¡Por fin! Verlo en directo, y no por la tele o en fotos, era como un sueño, uno de los <u>buenos</u>. Quiero decir, era familiar, pero completamente distinto al mismo tiempo.

Para empezar, es ...........................

Lectura de manos. Tienes tu vida en tus manos

Tabla de güija. ¡El espíritu nos habla!

Cleo cree en todas estas cosas. Yo no estoy segura de si creo o no

Es un poco como
los castillos de arena
¡pero en GIGANTESCO!

Sin explosiones, sin efectos especiales...
¡únicamente el viento y el agua hicieron TODO ESTO!

Es tan naranja
y rojo, ¡es como
estar en Marte!

# ALUCINANTE

Es tan <u>ENORME</u> que es como si estuvieras en un planeta completamente diferente. Hasta donde alcanza la vista, ahí está. Y además de ser <u>INMENSO</u>, es <u>muy</u> antiguo. Me sentí como si estuviera mirando atrás en el tiempo, a la tierra prehistórica. Es decir, el río y el viento tardaron una ETERNIDAD en hacer esos canales tan profundos. Mamá dice que el Gran Cañón son las arrugas de la Tierra, como las líneas que tiene ella en la frente. (Buen intento, Mamá.)

Cleo dijo que tan solo era un agujero enorme en el suelo, que para qué molestarse en venir, pero yo pensé que ¡era <u>alucinante</u>!

La constelación preferida de Cleo: Hamburguesa

← Y patatas fritosas (sin Ketchuposa)

Era demasiado tarde para ir a caminar, pero la noche también era muy hermosa. Nunca antes había visto <u>tantas</u> estrellas. Salí de nuestra cabaña, me senté y contemplé las estrellas. ¡Me dio vértigo! Cleo me enseñó algunas constelaciones. Yo ya conocía la Osa Mayor y Orión, pero ahora también conozco Tauro y Géminis.

Soy capaz de encontrar las estrellas que forman Géminis, pero no veo a los gemelos

Puedo ver esta figura muy fácilmente, excepto por las piernas

Las constelaciones son como une-los-puntos gigantes, pero una vez unes los puntos, aún has de imaginarte la figura

Orion →

Tauro es muy difícil de ver, pero su ojo es muy brillante, y por eso es lo que busqué primero

Me encanta pensar que hubo gente que vio esas estrellas y les puso nombre ¡hace miles de años! Pero Cleo dijo que las estrellas que vemos ahora pueden ya no estar allí, porque están tan lejos que la luz tarda <u>años</u> en llegar desde esa estrella en concreto hasta mis ojos. Es decir, puedo ver ahora una estrella que ya se ha novado (¿esa palabra existe?, ¿debería decir se convirtió en una nova? ¿explotó?, ¿explosionó?, ¿implosionó?, ¿se hizo gigante?). No puedo pensar en eso. Es demasiado ~~rraro~~, ~~raro~~, ~~rarre~~, ~~raro~~, ~~rrarre~~, ¡raro!

¡Agh! ¡ODIO esta palabra!

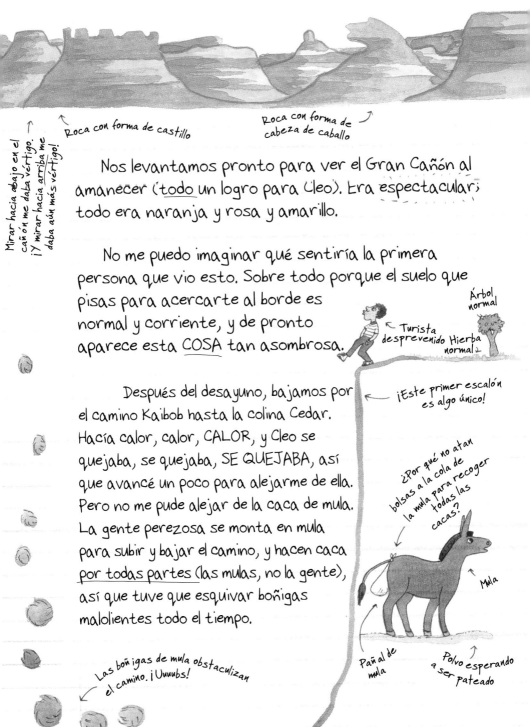

Roca con forma de castillo

Roca con forma de cabeza de caballo

Mirar hacia abajo en el cañón me daba vértigo. ¡Y mirar hacia arriba me daba aún más vértigo!

Nos levantamos pronto para ver el Gran Cañón al amanecer (todo un logro para Cleo). Era espectacular; todo era naranja y rosa y amarillo.

No me puedo imaginar qué sentiría la primera persona que vio esto. Sobre todo porque el suelo que pisas para acercarte al borde es normal y corriente, y de pronto aparece esta COSA tan asombrosa.

Árbol normal

Turista desprevenido

Hierba normal

Después del desayuno, bajamos por el camino Kaibob hasta la colina Cedar. Hacía calor, calor, CALOR, y Cleo se quejaba, se quejaba, SE QUEJABA, así que avancé un poco para alejarme de ella. Pero no me pude alejar de la caca de mula. La gente perezosa se monta en mula para subir y bajar el camino, y hacen caca por todas partes (las mulas, no la gente), así que tuve que esquivar boñigas malolientes todo el tiempo.

¡Este primer escalón es algo único!

¿Por qué no atan bolsas a la cola de la mula para recoger todas las cacas?

Mula

Las boñigas de mula obstaculizan el camino. ¡Uuuubs!

Pañal de mula

Polvo esperando a ser pateado

Antes de caminar
Tenis blancas brillantes

Después de caminar
Tenis mugrientas rosas ↗

La mejor parte fue estar <u>dentro</u> del Cañón, realmente impresionante (aunque hiciera calor). Y conocí a un niño. Su nombre es Mako. Hicimos todo el camino juntos. Mako es de Japón, y es muy simpático. Cleo actuó como una estúpida, por supuesto, diciendo lo majo que es Mako. Puede que sea un poco guapo, pero lo mejor de él es que es muy divertido hablar con él y prefiero caminar con él que con Cleo en <u>cualquier momento</u>.

Mako dice que no hay nada como el Gran Cañón en Japón. Hizo muchas fotos para enseñárselas a sus amigos. ¡Incluso me hizo fotos a mí!

Ojos marrones amistosos →
← Mako
← Pelo negro brillante
Sonrisa brillante →
← Hasta su voz es bonita

Intercambiamos nuestras direcciones para podernos escribir.

Mako me enseñó a escribir su nombre en japonés. Es difícil, pero espero haberlo aprendido →

Así es como se escribe mi nombre en japonés: está en un alfabeto especial de palabras que no son japonesas: ¡es tan interesante!

↑
Cadena de gomas de borrar que me dio Mako, es un experto. Una vez hizo una cadena de 122 cm.

Quería comprarme unos pendientes de atrapa sueños: me gustan porque así puedo atrapar los buenos sueños y mantener lejos las pesadillas, pero mamá dijo que eran demasiado caros y no tengo agujeros en las orejas de todas maneras (bueno, de momento). Cleo se las compró a su amiga Gigi (¡qué suertuda!)

Tal vez algún día me visite, igual que yo visitaré a Nadia.

Quería comprarle algo especial a Nadia en la tienda de recuerdos y encontré el regalo perfecto. Es una pareja de muñecas. Nadia podrá elegir la que quiera y yo me quedaré la otra. Mi muñeca me recordará a Nadia, y la suya le recordará a mí.

← Las muñecas son así.

Las rocas de Leah son así (yo también guardo unas cuantas) ↓

La etiqueta de las muñecas es así ↙

Certificado de autenticidad
Hecho a mano
por americanos nativos
Artista:
Artista*:

↑ ¿Gracias artista #113.697?

He comprado unas piedras bonitas para Leah brillantes y de todos los colores.

Mamá dijo que solo nos quedaba tiempo para echar un último vistazo al Gran Cañón. Era todo violeta y rojo con alargadas sombras. Cada vez que lo miramos es diferente. Me pregunto cómo será si vuelvo cuando sea mayor. Con menos boñigas de mula, espero.

¡HOLA DESDE LA CIUDAD DEL CACTUS GIGANTE!

ARIZONA

ARIZ

Arizona
the Grand Canyon State

Arizona
STATE
BIRD

SAGUARO CACTUS
BLOSSOM STATE FLOWER

Gran Cañón

Querida Nadia,
Todo parece antiguo, como si el tiempo se hubiera parado y nada hubiese cambiado. Me gustaría que fuera así en todos lados, pero sé que no lo es. Quiero decir que las cosas cambian en todos lados, pero aquí, incluso los nombres parecen viejos: como el camino del ladrón de caballos, cuenca del caballero sangriento, el rancho del caballo muerto.

Nadia Kurz
Calle Sur 61
Barton, CA
91010
B TRU 2 ME

Gran Cañón

Querida Leah,
Es bonita la fotografía, ¿verdad? He visto un montón de cosas impresionantes. El Gran Cañón es demasiado grande como para describirlo, deberías venir y verlo tú misma. Es tan antiguo, que hasta han encontrado huesos de dinosaurios aquí, ¡pero el único monstruo que veo por aquí es Cleo! ¡Demasiado bonito para olvidarlo!

Tuya hasta las tiras de cómic,

Leah Feinberg
2282 Loms
Orepa, Oregon
97881

2 Nice 2B 4got 10!

Amelia

También compré postales en la tienda de recuerdos.

200 Pts 124
FAMOUS GIRAFFES GERALDINE

Heroes in Books
Peter 12¢

← Medicinas

Potes de chucherías pasadas de moda
con caramelos pasados de moda
con nombres divertidos

← Lágrimas de hierba

← Este surtidor tiene vida.

GAS

Cada día de este viaje tengo la sensación de que retrocedemos en el tiempo. Paramos en una tienda que a su vez era una gasolinera y los surtidores eran antiguos y redondos. Me recuerdan a los dibujos de cómic, en los que todos llevan guantes y parece que tengan salchichas por dedos. Las manos parecen amigables y divertidas de esa manera, y también lo son los surtidores, no como los surtidores que tenemos ahora.

Mamá dice que a veces, cuando las cosas cambian, no cambian a mejor, sino a peor. Sin embargo, no siempre tiene razón. A ella solo le gusta la música antigua. Y, además, he visto sus fotos de la Universidad: ¡Vaya ropa más horripilante!

← Bolsos de macramé

Pelo largo con la raya al medio, para chicos y chicas

Pantalones bajos de cadera, algunos con campana, y algunos no

Pantalones de campana.

Zapatos con plataformas.

Una madre cantante solía llevar zapatos con peces de colores en cada tacón: ¿cómo los alimentaba? ¿Qué pasaba si morían? Los pies olerían a pescado podrido, ¡puaj!

Collar anticuado con el símbolo de la paz y un cordón de cuero

↑ Chico (¿o es una chica?)

Chica (¿o es un chico?)

Hicimos un picnic en un pueblo fantasma. Nadie había vivido allí durante muuuuucho tiempo. Solía haber una mina de plata, y la gente vino para hacerse rica. Cuando se acabó la plata, se fueron todos. Las casas parecían contener el aliento esperando a que volvieran. Pensé que encontraría algún tesoro, o monedas de oro, pero no había nada.

LUCY DILL
Fue una persona destacada.
1848 - 1891

R.I.P.
Pa Guffy
Se fue a la cama, y allí se quedó. Y en está tumba se enterró.

Aquí yace Silver Pete Con su sillín en los pies.
– 1886 –

Crack disparó a Ed hasta que tuvo enfrente a Bill.

El cementerio de detrás del pueblo tenía algunas tumbas. Algunas incluso explicaban historias.

Cleo encontró un hueso. Dijo que era de un minero muerto. Mamá dijo que era un hueso de pollo, pero Cleo guarda ese hueso como si fuera algo especial. Va a escribir a Gigi para explicárselo, y cuando lleguemos a casa quiere utilizar la güija para descubrir la verdadera identidad del hueso.

Cleo alucinando al descubrir que su tesoro es basura.

El descubrimiento de Cleo: ¿Un hueso de pollo o de un dedo?

POLLO
1234567890

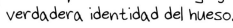

Gigi alucinando al descubrir que su amiga es una loca.

La güija dice la verdad.

Cactus sujetando un perro caliente

Cactus con una nariz abultada

Cactus que lleva una falda

Cactus con peinado

Condujimos durante kilómetros y kilómetros de cactus y plantas rodadoras, pero no esqueletos o huesos (excepto el hallazgo de Cleo). Pensé que vería <u>algo</u>, pero solo era mucho de nada.

En las películas siempre salen huesos blanqueándose al sol

Finalmente, antes de que preguntara "¿Ya hemos llegado?" por lo menos tropecientas veces, llegamos a este gran castillo. Fue como un milagro, pero era real. Mamá paró el coche, (¡bien!), y dijo: "Bienvenidos al Valle de la Muerte." Di por hecho que veríamos esqueletos en el Valle de la Muerte, pero todo lo que vimos fue una tumba.

No podría dibujar todos los edificios: era demasiado grande

Hicimos un tour en el castillo, y <u>hay</u> un esqueleto enterrado allí, pero no conseguimos verlo

Esta era la tumba de de otra persona, pero no estaba cerca del castillo

El castillo de Scotty: alguien lo construyó como casa de veraneo, sería un gran sitio para veranear, si no fuera porque hace calor, mucho calor, ¡muchísimo calor! Nadie que quiere pasar unas buenas vacaciones va al Valle de la Muerte en verano, ¡y yo sé por qué!

No llegué a ver esta serpiente (buh) por la ventana, pero vi sus pasos por las dunas ↑

Ardilla antílope: vi una cerca del castillo de Scotty ↑

Huellas de ardilla ←

Esto no es un pequeño canguro; es una rata canguro: es del que había más huellas por las dunas ↑

Huellas de serpiente ↑

Huellas de rata ↕

Es muy bonito este sitio. Solo desearía que mi ropa llevara aire acondicionado. Cerca de donde nos hospedamos hay kilómetros y kilómetros de dunas de arena, pero sin playa. Las olas de arena son como un océano seco congelado. Habría hecho un castillo de arena, pero solo podía estar fuera del coche 1∅ minutos antes de sentirme como si me estuviera asando en un horno gigante.

Yo surfeando en una ola de arena →

Entonces, en el medio del desierto, hay una superficie dura de sal seca, como si antes hubiera habido un océano. ¡Este lugar era todo una mezcla!

Este cuervo realmente me asustó: su gran pico y sus plumas negras y lustrosas ¡¡eran como las de un cuervo gigante!! ↑

Cleo espolvoreó un poco de sal en su huevo crudo para poder decir que había comido un trozo del Valle de la Muerte →

Rocas y arena, y más rocas y arena

Aguamala

No te estás comportando, ¡eres aguamala!

Hay rocas y montañas, también. La mejor parte son sus nombres.

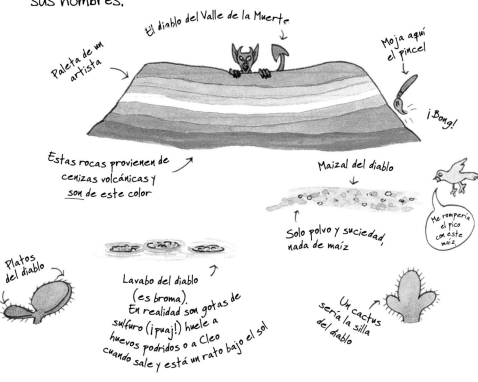

El diablo del Valle de la Muerte

Paleta de un artista

Moja aquí el pincel

¡Bong!

Estas rocas provienen de cenizas volcánicas y son de este color

Maizal del diablo

Me rompería el pico con este maíz

Solo polvo y suciedad, nada de maíz

Platos del diablo

Lavabo del diablo (es broma). En realidad son gotas de sulfuro (¡puaj!) huele a huevos podridos o a Cleo cuando sale y está un rato bajo el sol

Un cactus sería la silla del diablo

Mamá dice que el desierto es un lugar de paz porque es un lugar grande y abierto. Y silencioso. Nunca había escuchado un silencio tan fuerte como aquí. Por supuesto, Cleo dice que la vuelve loca, pero a mí me gusta. Me gustaría que Cleo se quedara en el hotel pintándose las uñas de los pies si sigue llorando. De todos modos, todo lo que hace es beber soda y eructar.

¿Cómo puedo escuchar el silencio con sus eructos?

Fuera del Valle de la Muerte, sigue pareciendo un lugar viejo, lleno de polvo y tranquilo. Hay viejas minas cortadas en las montañas, y mientras íbamos en coche por los pueblos parecía que nadie viviera allí. Los jardines están llenos de trastos viejos y oxidados.

No habíamos ido muy lejos cuando, incluso sin que yo me quejara mamá paró el coche en una de esas señales históricas. Dijo que estábamos en un lugar llamado Manzanar, donde 10.000 japoneses-americanos habían vivido durante la Segunda Guerra Mundial. Era como un campo para prisioneros de guerra. Estas personas no solo eran enemigos de los soldados, solo gente normal: ¡incluso niños! Pero como los Estados Unidos estaban luchando contra Japón nuestro gobierno pensó que incluso los japoneses-americanos eran malos. No puedo creer que un presidente pueda ser tan estúpido. (¡Espero que recibiera muchas cartas de desaprobación y rechazo!)

¡Estoy enfadada!

Alambrada que acostumbraba a estar alrededor del campo: me recuerda a la cinta de seguridad que hubo en el colegio después del incendio

No puedo creer que realmente pasara, pero todavía se pueden ver algunos puestos de la guardia y un cementerio con letras japonesas en las tumbas. Doña sábelo-todo Cleo dice que estudió Manzanar en Conocimiento del Medio, pero nadie me lo contó. Me pregunto si Mako sabe algo de esto.

Pensé que mamá nos daría alguno de sus sermones para que veamos la suerte que tenemos, pero no lo hizo.

Todos los trastos oxidados que vimos al pasar eran todavía más tristes después de Manzanar

Columpio antiguo y roto: ¿Cuándo debió ser la última vez que un niño disfrutó aquí?

Camioneta vieja que está tan hecha polvo que no puede moverse

Hierbajos secos: hasta los hierbajos parecen viejos

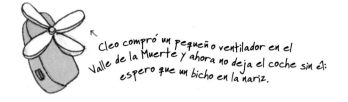

Cleo compró un pequeño ventilador en el Valle de la Muerte y ahora no deja el coche sin él: espero que un bicho en la nariz.

Hemos visto muchas cosas en este viaje (a parte de Cleo en biquini: ¡asqueroso!). Hoy hemos parado en el lago Mono.

¡Ahora este sí que era un lugar misterioso!

Caca de pájaro

Salida de arena

Roca del Lago Mono

Tiene todas estas rocas con forma de esculturas que se desmigajan. Parece como cuando coges la arena entre tus manos y la dejas caer poco a poco en la playa, solo que un poco mas grande (y dura). Me pregunto cómo se llegan a crear este tipo de lugares.

Ha sido un viaje fantástico, excepto por dos cosas: ¡el tiempo en el coche y Cleo! He visto cómo se pinta las uñas, canta desafinando, vomita, come con la boca abierta, eructa, y meterse el dedo en la nariz.

# ¡NO LO PUEDO AGUANTAR MÁS!

¡No quiero ir! Odio ir de excursión. No puedes obligarme. No voy a volver a ese coche. Estoy harta de ir en coche y de ninguna manera voy a volverme a sentar.

No podía más. Cuando mamá dijo que teníamos que volver al coche e ir a Yosemite, Cleo empezó con sus lloriqueos.

No grité, ni tampoco me peleé con ella (a pesar de que quería hacer las dos cosas). Pero sí cogí mi lata de soda y se la eché por la cabeza. ¡Qué bien me sentí!

Mamá me castigó sin tele esa noche en el motel, pero realmente valía la pena.

Un nuevo peinado dulce azucarado

Nunca cambiará

Cleo después de una ducha de soda

Cleo fue quejándose todo el viaje a Yosemite, ¡qué mal!

No estaba segura de que nuestro coche lo consiguiera porque la carretera subía, subía y subía por las Montañas Sierra. Si Cleo no hubiera comido tantas hamburguesas, el pobre coche no tendría que trabajar tanto.

La próxima vez Cleo tendrá que salir del coche y caminar.

¡De ninguna manera! No quiero que Cleo se caiga encima mío.

Entonces, después de verlo todo gris, aparecimos en Tuolumne Meadows, ¡y ya estábamos en Yosemite! Fue como cuando Dorothy aparece en el mundo de Oz. ¡Era impresionante! Hasta Cleo no podía parar de sonreír: el sentimiento de estar en un lugar muy especial era tan fuerte.

Cleo, como si estuviera en el Sonido de la Música

Casi toco un ciervo.

Salimos del coche para correr por el prado lleno de flores: la hierba era tan alta, que casi podías jugar al escondite

Entonces fuimos hasta el Valle de Yosemite, pasando por unas fantásticas rocas (quiero decir) FANTÁSTICAS y cascadas. Era precioso, pero no era para nada tranquilo. Estaba LLENO DE GENTE: hablando sin cesar, con las radios estridentes, incluso las televisiones de las caravanas sonaban fuerte.

← Mujer con rulos usando un secador mientras mira la tele y habla

Señal de aviso de Osos: mantén toda la comida fuera del alcance de los osos

Contenedores especiales para mantener a los osos lejos

Comida enlatada ñam

Oso buscando algo de comer

Una vez empezamos a subir el valle, escapamos de los patinadores, las bicis y la gente. A pesar de que seguíamos teniendo a Cleo.

Esta es la vista del punta Glaciar

Postal de la tienda del Valle

Subimos hasta Lambert Dome y pudimos ver **MUCHOS** kilómetros alrededor. Me sentí como si volara en una nube sobre todas aquellas montañas.

Cleo empezó a cantar cuando bajábamos, pero eché a correr para no tener que escucharla. ¡De ninguna manera va a arruinarme Yosemite!

Espero que se la coma un león de la montaña.

Estaba bueno, como una hamburguesa. Ñam

Esta forma arquitectónica de la cúpula se parece a una bola de helado →

Vimos personas escalando por las rocas con cuerdas: parecía imposible, pero lo hacían.

Solo un poco más tiempo juntas y estaré **LIBRE** de Cleo, por lo menos un rato. ¡Mañana vamos a ver a Nadia!

Estoy emocionada y nerviosa. ¿Le seguiré gustando a Nadia? O tendré una imagen de ella en mi mente que ya no es de verdad, ¿como las estrellas que veo, pero que en realidad no están ahí?

Si pienso demasiado en ello, tendré dolor de barriga.

Roca grande

Coche enano

El Capitán: ¡Te saludo!

Casa del niño

El niño va en avión solo

Casa de los abuelos

## La visita

Un niño visitaba a sus abuelos todos los años. Ellos vivían lejos, así que él no lo podía ver más que una vez al año. Cuando lo veían, siempre decían: "¡Oh, cuánto has crecido! ¡Mira cuánto has cambiado!" Pero el niño creía que estaba exactamente igual. Finalmente, un año, se dio cuenta de que ellos eran los que realmente cambiaban. Su abuela tenía más pelo blanco.

La cara de la abuela arrugada →

← Pelo blanco tenue

← Niño

← Con solo seis pelos, esta es la cara del abuelo

Su abuelo casi no tenía pelo. Y los dos tenían muchas más arrugas. Eso le asustó porque se dio cuenta de que se estaban haciendo muy mayores y que podían morir en cualquier minuto. En esa visita se dio cuenta por primera vez de que él también había cambiado, como ellos decían. Se sentía más mayor, pero no mejor, sino más triste. Abrazó a sus abuelos fuertemente.

No es una buena historia. ¡Es una historia terrible! Y me preocupó que Nadia tuviera arrugas y fuera a morirse. ¡Es **TAN** ridículo! ¡Solo tiene **DIEZ** años!

AGUA

## Un cambio para mejor

COMIDA

Una niña tuvo un cachorro por su cumpleaños. Lo llamó Tuffy T. Bone (o Tuffy acortado). Era muy bonito, pero también salvaje. Lo destrozaba todo, se comía sus zapatos nuevos (y la alfombra, y la silla, y las cortinas y el felpudo).

← Caca de cachorro

Pis de cachorro →

Esto era un zapato

Dientes afilados de cachorro

Esto eran los deberes

Se comió sus deberes (Y por supuesto la profesora no la creyó, a pesar de que estaba diciendo la verdad).

Pero al cabo de un tiempo, se hizo mayor, no era tan bonito, pero dejó de liarla constantemente, y se convirtió en un buen amigo. Iba de paseo y cogía frisbees y se estiraba al lado de la niña mientras hacía los deberes. A veces añoraba tener un cachorro, pero le encantaba tener un perro.

No es un OVNI, es un frisbee

¡Uau! Vaya salto, ¡un cachorro no podría hacerlo!

Huella rosada de cachorro

Huella de perro grande (todavía rosa)

La misma tienda en la esquina

El mismo estante de los periódicos

Los mismos huecos en la calle

Los mismos flamencos en el patio de la casa lila (que todavía es lila)

Ahora que hemos vuelto a la vieja ciudad, todo me parece tan familiar. Nuestro viejo vecindario, incluso nuestra vieja casa. Está todo igual, solo que ya no es nuestro hogar. Cuando aparcamos enfrente de casa de Nadia, estaba **TAN** nerviosa que mis manos empezaron a sudar.

Nuestra vieja casa

Igual que cuando nosotros vivíamos aquí, pero con un triciclo en el patio de delante: otro niño debe vivir aquí ahora

El mismo timbre

Llamé a la puerta y pareció como siempre, pero al final ella abrió la puerta: la misma Nadia, con su misma sonrisa, pero ¡no llevaba BRAQUETS!

Dijo: "¡Sorpresa!, ahora me ves de verdad".

Nos miramos la una a la otra con una gran, gran, gran sonrisa y después nos abrazamos. ¡Fue genial!

El mismo olor a champú de jengibre

Nadia ahora

No se ha cortado el pelo

Sigue sin gafas

La misma sonrisa contenta de verme, pero sin cremallera en los dientes

Otro cambio: se ha agujereado las orejas hasta lleva 4 pares de pendientes.

Llevando el collar que le hice

Nadia puso la muñeca en el estante con todas sus cosas importantes

Joyero con un pequeño candado y llave

Colección de libros en miniatura

Piedra preciosa

Concha de mar gigante que le regaló su madre

Colección de animales de cristal

Le dejé elegir qué muñeca quería. ¡Escogió la niña y decidió llamarla Amelia! Me parece que no le gusta mucho, pero la próxima vez le compraré pendientes. Y ella tenía un regalo para mí: era un diario con historias que ha escrito. ¡Qué ganas tengo de leerlo!

La primera historia se llama "mejores amigas"

La libreta de Nadia (ahora es mi diario para leer y no para escribir)

La habitación de Nadia está tal como la recordaba; solo ha añadido nuevos dibujos y las postales que le mandé, ¡y un certificado con una cinta por ganar la competición de jóvenes autores!

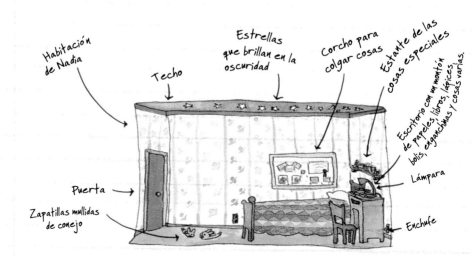

Habitación de Nadia

Techo

Estrellas que brillan en la oscuridad

Corcho para colgar cosas

Estante de las cosas especiales

Escritorio con un montón de papeles, libros, lápices, bolis, enganchinas y cosas varias.

Lámpara

Puerta

Zapatillas mullidas de conejo

Enchufe

Mis postales

Vieja foto mía del colegio

COMPETICIÓN DE JÓVENES AUTORES
*Nadia Kurm*
Ha sido premiada
en **PRIMER LUGAR**
por su **excelencia** al escribir.

Certificado de la competición de autores

Cinta azul

CUENTA ATRÁS
PARA AMELIA
10 X 8 7
6 8 4 Z
Z X A =

MAP OF A'S
ROUTE

Nuevos dibujos

Corcho para colgar cosas de Nadia

Notas que Nadia se escribe para recordar cosas importantes: ¡como mi visita!

Le pregunté por qué no me había contado que había ganado y se puso toda roja (había olvidado lo roja que se pone cuando se pone nerviosa). Dijo que no quería que me sintiera mal, porque yo no había ganado. Pero no me sentí mal en absoluto. En realidad, ¡me sentí genial! Nadia es una verdadera amiga por pensar en mí primero, y yo no soy celosa, bueno, tal vez un poco, pero solo por sus pendientes, no porque haya ganado la competición de jóvenes autores.

Los pendientes de Nadia: unos racimos de uva pequeños

Otro juego son un par de dados

Me sentí incluso mejor cuando sacó el Kit de experimentos que le mandé por su cumpleaños. Lo había guardado para jugar conmigo, ¡tal como me dijo que haría!

Pero entonces me preguntó si seguía queriendo hacerlo con ella. Le dije que por supuesto, ¿por qué no iba a querer? Y ella dijo que había pensado que yo tal vez había cambiado y que ya no estaba interesada en la ciencia.

Tubos de ensayo

Sujetador de tubos

Productos químicos venenosos: ¡cuidado!

some- thing oxide

chrom- ivm dadada

Boric ladi- da

Sodivn some- thing

Productos químicos

Pinzas para sujetar los tubos

Embudo

Vaso de precipitados para medir

Pequeña cuchara de metal para para medir productos químicos

Libro de instrucciones para poder crear tu propio Frankenstein

Vaso de precipitados

Papel de tornasol

Experimento simple #1: coge un vaso de papel. Corta un agujero en el fondo. Gíralo y llena la obertura (no el agujero) con papel de plata. Pon una cuchara grande de bicarbonato en el final agujereado del vaso. En un vaso de precipitados, mezcla vinagre (medio vaso) con colorante rojo. Vierte la mezcla en el vaso. Míralo un momento: ¡es un volcán!

Agujero Vaso

La soda caliente se echa por aquí primero, después el vinagre con colorante.

Papel de aluminio

Erupción volcánica

Plato para recoger la lava

Así que todo este tiempo me he estado preocupando por si Nadia había cambiado, y ella pensaba lo mismo de <u>mí</u>. Sin embargo, yo no he cambiado <u>nada</u> (sin pendientes, sin nueva sonrisa), nada. Pero le pregunté a Nadia, de todas formas, si ella pensaba que había cambiado,

Y me dijo que

¡SÍ!

No podía creerlo. ¿Cómo? ¿Cómo? ¿Cómo? ¡Necesitaba saberlo!

Al principio no me contestaba. Entonces dijo: "No lo sé. Simplemente te mudaste y conociste a todas esas nuevas personas, y yo me quedé aquí. Después hiciste este viaje y viste un montón de cosas chulísimas, y yo no he ido a ningún sitio. Me lo tienes que contar todo".

Lugares amplios

Carretera amplia

Valle de la Muerte

Mako

Gran Cañón

Sitio misterioso

Manzanar

Yosemite

Lago Mono

Yo

Bailando con Cleo

¡Tiene razón! He cambiado.

Y de veras tenía mucho que contarle. Dije que iba a ser como la última noche que dormimos juntas, cuando hablamos hasta las 4 de la mañana.

"Sí", dijo Nadia. "Hay cosas que nunca cambian."

Volvía a tener razón.